KB049186

너라는 계절이 내게 왔다

너라는 계절이
내게 왔다

소강석 시집

샘터

사람은 누구나 살아가면서 사랑을 합니다. 사랑하는 마음을 갖고 있는 사람은 누구나 다 시인입니다. 그 시가 얼마나 전문성이 있는지 그 차이일 뿐이지 사랑하는 사람은 다 시를 쓰고 있는 중입니다. 왜냐면 시는 사랑이고 사랑은 시이기 때문입니다.

저 또한 시를 쓰는 순간만큼은 봄, 여름, 가을, 겨울 어느 계절이든 사랑의 계절을 걷고 있음을 느낍니다. 꽃이 피고 바람이 불고 소나기가 내리고 낙엽이 지고 하얀 폭설이 내리는 날이라도, 그 모든 계절은 사랑으로 물듭니다. 그래서 이번 시집의 제목을 '너라는 계절이 내게 왔다'라고 정하였습니다.

어렵고 난해한 시보다는 누구나 쉽게 이해할 수 있고 마음이 따뜻해지는 감성 시들을 써보고 싶었습니다. 한 줄 한 줄 사람과 자연, 하나님을 향한 사랑의 마음을 담아 순수한 고백의 언어를 남겨보고 싶었습니다. 독자들의 마음에 봄날의 꽃이 되고 여름날의 소나기가 되고 가을날의 낙엽이 되고 겨울의 눈송이가 되어 닿았으면 좋겠습니다. 그래서 이 시집을 읽는 모든 이들마다 사랑의 계절이 찾아왔으면 좋겠습니다.

인생을 살다 보면 꽃이 필 때도 있고 바람이 불고 비가 내릴 때도 있습니다. 아니, 언젠가는 낙엽이 되어 떨어지고 폭설에 갇혀 길을 잃을 때도 있습니다. 그러나 우리가 사랑하는 이와 함께한다면 그 모든 날들이 상처의 계절이 아닌 사랑의 계절이 되어 감싸주리라 믿습니다.

단 한 사람이라도 이 시집을 읽고 슬픔과 절망, 상처를 딛고 다시 사랑과 희망의 마음을 찾을 수 있다면 너무 행복할 듯합니다. 아무리 세상이 힘들고 추운 바람이 분다 할지라도, 우리가 서로를 아껴주고 사랑으로 감싸준다면 우리의 계절은 언제나 찬란한 빛으로 가득할 것입니다.

2023년 11월

소강석

차례

1부 봄에서 여름으로

2부 **가을 지나 겨울**

3부 소나기 끝에 무지개

4부 등대와 별 그리고

1부

**봄에서
여름으로**

봄 1

눈앞의 꽃 지고 나면
세상 모든 꽃 다 진 줄 알았더니
일어나
눈을 들어보니
사방 천지가 다 꽃이었다

꽃 한 송이 졌다고 울지 마라

눈 한 번만 돌리면
세상이 다 봄이다.

봄 2

꽃 피었다
꽃 진다

이별은 사랑하는 사람이 하는 것이다
사랑해 보지 않은 사람은
이별을 모른다

꽃 지고
다시 꽃 핀다

사랑은 이별한 사람이 하는 것이다
이별해 보지 않은 사람은
사랑을 모른다

사랑이 무언지 알 것 같은
봄이다.

봄 3

봄이
대문을 지키는 사람도 없는데
담을 넘어온다

방문을 잠그지도 않았는데
빠끔히 열린 창문 틈을 밀고 들어온다

누구 하나 감시하는 사람도 없는데
살금살금 이불 속으로 기어들어 와
잠든 가슴 위에
꽃 한 송이 안겨주고

다시
담을 넘어 도망간다.

봄 4

별이 피아노를 치고
달이 하모니카를 불고
꽃이 기타를 치며 노래하는 봄밤

나의 이름을 별이 부르고
너의 그리움을 달이 노래할 때
손가락으로 땅바닥에 쓴 시가
꽃으로 피어날 줄 몰랐다

가사 없는 노래를 부르고
색이 없는 그림을 그리며
순간이 영원이 되는
숨 막힐 듯한 꽃향기를 느낄 때

별과 달과 꽃이
내 곁을 지켜줄지는 몰랐다.

봄 5

겨울잠에서 깨어난 나무들이
사람을 처음 만난 것처럼 인사를 한다
누구를 기다리고 있는지
꽃들이 살랑살랑 봄바람에 흔들린다
파란 하늘의 구름은 산 언덕길을 넘어
무심히 흘러간다

말하지 않아도 알 수 있는
이야기는 가슴에 묻고
지금 고백하지 않으면 사라져버릴 노래만
가슴속 장미 화병 속에 담아
너를 기다린다

시간이 아닌
그리움에 쫓겨 길을 걸어본 사람은 안다
봄길은 꽃들이 먼저 달려간다는 것을.

봄 6

꽃이 다가와 웃어줄 때가 있다
바람이 불면 흔들릴 때도 있다고
괜찮다며
손을 내밀 때가 있다

봄밤
산책길에서 마주친
붉은 꽃 한 송이
달빛 부서지는 골목에서
여기까지 잘 걸어왔다고
나만을 위한
노래를 불러줄 때가 있다.

봄 7

봄날 오후
햇살이 잘 드는 창가에서
그리움의 음악을 들으며 눈을 감으면

두 눈에 햇살의 바다가 보이고
가슴에 꽃폭탄이 터지고
연서를 실은 돛배들이
소나무 가지에 정박한다

바람이 지울 수 없는
그리움의 향기가 입술에 꽃무늬를 그린다
너라는 봄이 내게 온다.

봄 8

달빛이 너무 밝아
벚꽃이 잠들지 못한다 하여
구름이 잠시 달을 가리었어요

눈을 감은 벚꽃은 달이 그리워
다시 눈 뜨는데
구름 사이로 달이 환하게 웃고 있어요

봄밤의 벚꽃은
잠든 게 아니라
달과 이야기를 나누고 있어요
웃을 때마다
하얀 벚꽃 잎이 날려요.

봄 9

봄날 오후의 햇살은 말이 없습니다
햇살을 바라보는 나는 할 말이 많지만
나를 스치고 가는 바람은
말이 없습니다
바람에 흔들리는
자그만 꽃도 말이 없습니다
꽃 앞에 앉아서
눈물을 훔치고 있는 들고양이도
말이 없습니다
내 이야기를 들어주려고
봄은 말이 없습니다.

여름 1

그해 여름밤
흔들리는 램프 아래서 빛나던
별 하나를 보았습니다
레몬 향기 나는 유리잔 속에
꽃과 별과 바람과 시가 담겼습니다

가슴에 파도를 안고 사는 사람은
누구를 만나든
푸른 바다를 보여줄 수 있다고 믿고 싶어요

언제나
그 여름 바닷가에 서서
당신이 환한 미소 지으며 오실 때까지
가슴 가득 밀려오는
푸른 파도 소리를 듣고 싶네요.

여름 2

여름 새벽 바다 모래사장에
글씨를 써놓았더니
파도가 올라왔다 읽고 내려간다
다 읽지 못했는지
또 올라왔다 내려갔다
읽어도 무슨 말인지 모르겠는지
또 올라왔다 내려갔다 하며
읽고 또 읽는다
파도가 내가 쓴 글씨를 지워놓고
어디에 있는지 찾고 있다
온 우주가
새벽 바다에 밀려왔다 떠내려갔다 하며
그리움을 노래한다.

여름 3

그대가 그리울 때마다
여름 계곡의 물소리가 들립니다

이름 모를 산새들이 지저귀는
외로운 산장에서도 나는 당신을 기다립니다

자욱한 안개
구름 덮인 운산의 초가에서도
나는 님을 애모합니다

지금은 말할 수도 만날 수도
손잡을 수도 없어도
안개가 걷히고 구름이 걷힐 때까지
산 너머 푸르스름한 어둠이 내릴 때까지
나는 당신을 기다립니다

상처를 땅속에 묻어
아무 아픔도 없을 때까지
아픔이 흙이 되어
아무런 느낌이 없을 때까지
님의 향기를 찾겠습니다.

여름 4

여름날 오후
오솔길에 피어 있는 들장미가
오늘따라 눈에 보여요

수많은 이름 모를 꽃들이 피어 있어도
그 이름 묻고 싶지 않더니
오늘은 허리를 굽혀 바라봐요

인동초의 앙증맞음도
봄꽃들의 향연에도
눈길 하나 주지 않았는데

왜 여름이 되어
들장미의 화려함이 보이고
그 향취가 마음에 끌릴까요

어느 봄날
하얀 목련의 면류관을 씌워주실 날을 기다리며
외로운 오솔길을 걷고 있는데도
장미꽃의 가시와
영혼을 죽이는 독소가
향기롭게 느껴지는 이유는 무엇일까요.

여름 5

여름 바다의 절벽은 파도를 기다린다
그대와 함께한 인고의 세월들
만나고 부딪치고 찰싹거려
지금은 누구도 조각할 수 없는
천하절경의 기암괴석으로 서 있다

파도 역시
여름 바다의 절벽을 그리워한다
그대 없이
어찌 이 아름다운 물꽃을
만들 수 있겠는가

그대와 부딪쳐야만 피는 흰 물꽃들
찰싹거릴 때마다
만발하는 이 황홀한 순간의 자태
그대 없이 어찌 내가 있겠는가

오늘도 여름 바다의 절벽과 파도는
또 하나의 사랑을 만들어내기 위해
물망초의 연가를 부른다.

여름 6

푸른 바람 옷깃처럼 휘날리는
여름 대나무 숲을 걷는데

문득
눈물이 납니다

바람의 옷깃
내 눈물을 훔치고 또 훔쳐도
눈물은 멈출 줄 모릅니다

말라빠진 대나무 뿌리를 밟고
휘어진 대나무에 몸을 기대는데도
눈물은 더 초라해집니다
그래도 여름 대나무 숲 댓잎 사이로
가까스로 보이는 파란 하늘을 바라봅니다.

여름 7

여름 더위가 버겁고 숨 막히는 때
당신에게 분명히 서늘한 그늘이 준비되어 있을 거예요
비록 그늘이 적다 하더라도
그 그늘 아래 앉아 있노라면
시원한 바람이 불어오고 빗줄기가 떨어지겠거니
지난겨울은 참으로 위대했어요
하얀 눈송이가 창문으로 불어와서
당신의 귓가에 말을 걸었잖아요
그 눈송이가 다시 바람이 되고 비가 되어
당신을 찾아왔거니
여름에 겨울의 사랑을 느끼듯
다시 겨울이 오면 부디 여름의 사랑을 잊지 말아주
세요.

여름 8

지난 폭우와 용광로 같은 불볕이 그토록 소중하다
는 걸
지나가 버린 사랑이 이토록 소중한 걸
이제야 깨닫습니다
금단의 사과보다 더 단맛을 만들어낸
너라는 사랑의 계절
왜 몰랐을까
매미와 풀벌레들이 그토록
지난여름은 위대했다고 노래를 했을 때도
왜 나는 알지 못했을까
마침내 태양이 멀어지고 나뭇잎이 지며
대기가 냉담해질 때야
지난 남국의 사랑이 애처롭도록 그리워진다.

2부

가을 지나
겨울

가을 1

문득
가을비가 내리고
바람이 불고
나뭇잎들이 허공 위로 날아가다
나의 발 앞에 떨어졌을 때

그건
나뭇잎이 아니라
편지였다
쓰고 싶은 시였다
불 꺼진 창문 아래서
혼자 부르고 싶은 노래였다

눈을 감아도 보이고
귀를 막아도 들리고
숨을 참아도 부르게 되는

사랑이었다.

가을 2

가을 나무 한 그루
차가운 바람에 떨어지는 나뭇잎들을
어떻게든 붙잡으려고
애타는 얼굴로
팔을 휘젓고 서 있다

달빛 쏟아지는
거리에서
바닥에 떨어진
나뭇잎들과의 추억을 떠올리며
하나 하나
이름을 부르고 있다.

가을 3

집을 나서는데
가을비 몇 방울 바닥 위에 떨어진다
수요일 밤엔 늘 비가 내렸던가
오늘도 저녁에
달빛을 찾으려고 죽현산*을 걸어야겠다
잠든 별들 깨워 말도 걸고
나뭇잎들과 이별하기 시작하는
가을 나무도 쓰다듬어주고
밤새 홀로 있을
나무 의자에 앉아
땅바닥에 시를 써야겠다
가을비는
그냥 혼자 내리게 해서는 안 되는 것이니까.

* 시인이 섬기는 교회 뒤에 위치한 산.

가을 4

가을밤 일기를 쓴다
달도 꽃도 나무도 바람도
같이 노트를 펴놓고
한 글자, 한 글자
또박또박 연필로
시도 쓰고 편지도 쓰고
둘만이 아는 일기도 쓴다

늘 웃고 기뻐하고
때론 상처받고 아파하고

돌아서면
미안해하기도 하면서

그래도
그 미소 때문에

다시 살아가면서

가을 달빛 쏟아지는
사람들 잠든 도시
어느 후미진 골목에
달이 흑백의 수묵화를 그리고 있다.

가을 5

가을밤이면
달에게 하고 싶은 이야기가 있어요
잘 있나요
요즘도 가끔 눈물을 참으려
흐린 눈을 지그시 감고 있나요

나는 푸른 지구별에 잘 있어요
다행히
심장도 잘 뛰고
눈빛도 빛나고
하고 싶은 말도 많아요

애써 눈물을 참으려 눈을 감고 있는
달을 본 적이 있어요

가을밤엔

가끔 혼자 있을
달의 안부를 물어요.

가을 6

가을하늘 하얀 구름이
잠시 쉬다 가라 그런다
무엇이 그리 바쁘냐고
좀 쉬었다 가도 된다고 그런다

길에서 걸음을 멈추고
의자에 앉아 잠시 쉬었다
다시 눈을 들어보니
언제 그랬냐는 듯
저 혼자 흘러가고 있다

나도 너도
그렇게
오늘도
흘러가고 있다.

가을 7

가을 산에 올라
깊은 숲속 나무 의자에 앉아서
나무들을 보고 있는데
갑자기 세찬 소나기가 내렸다

어서 산을 내려가야겠다는 생각보다는
우산도 없이 그 모든 빗줄기를
온몸으로 맞고 싶었다
머리부터 발끝까지
더 이상 젖을 수 없을 때까지
온몸이 흠뻑 젖고 싶었다

비가 되고 바람이 되고 구름이 되어
온 산을 정처 없이 떠돌고 싶었다

비 내리는 숲속에서 길을 잃은 채

너를 찾아 걷고 또 걷고 싶었다.

가을 8

어느 밤
우연히 길을 걷다 마주친
가로등 아래 꽃 한 송이
무슨 말을 할까 생각하다
그저 웃어요

구름 걷힌 밤하늘에 빛나던
어디선가 본 듯한 별의 눈동자

달빛이 들국화처럼 피어나는
가을밤의 시편

어쩌면 우린 우리가 알지도 못하는 사이에
어깨를 스치며 지나갔는지도 몰라요

당신에게 하고 싶은 말은 차갑게 식어가도

가슴은 여전히 뜨거워요.

가을 9

단풍 물든다는 것 생각해 보니
다 빼앗기고
더 이상 숨길 수 없어
가장 깊은 사랑 보여주는 것이었네

낙엽 진다는 것 생각해 보니
다 내어주고
더 이상 줄 것 없어
이별이란 말도 없이 사라지는 것이었네.

가을 10

저 가을 반달은
아무도 살지 않을 텐데
누가 저리 환하게 불을 켜놓았을까

은빛 억새가 바람에 흔들리는
무등산의 가을밤

차가운 바위에
혼자 앉아
반달을 보고 있는
내가 켜놓았나.

겨울 1

흐린 밤하늘 별 하나 보이지 않고
가로등 불빛만이
겨울나무를 비추고 있어요

사람 없는 거리엔
산에서 내려온
숲속의 바람들이 서성이고
어디선가 들려오는 바람의 노래는
유리 창문에 눈송이 무늬를 그려요

이 세상 어느 깊은 겨울밤
은빛 가로등과 겨울나무와 바람이
함께 그려낸 시가 있다는 것을
사람들은 알까요.

겨울 2

누군가는 있겠지요
저 별에도
사람은 아니라도
그리운 마음 하나 떠돌고 있겠지요
바람이 불고 비가 내리고
사람들 잠든 불 꺼진 지붕 위로
밤새 소리 없이 내리는 눈송이처럼
헤아릴 수 없이 많은
그리움들 중에 하나
저 별 어딘가에서 서성이고 있겠지요.

겨울 3

어느 겨울 오후
길을 잘못 들어 보게 된 꽃
냇가에서 홀로
고개 숙이고
물소리를 듣고 있던
다시는 볼 수 없는
그리운 꽃

그해 겨울날
차가운 바람 맞으며 서 있었던
이름도 묻지 못하고 헤어졌던
그 꽃.

겨울 4

겨울밤
검은 바람의 책장을 넘기면
너의 이름이 있다
길을 걷다가
눈 쌓인 가로수 앞에 서면
너의 이름이 있다
차갑게 얼어붙은 반달에도
가로등 흐린 불빛 아래 서성여도
너의 이름이 쓰여 있다

하얗게 내리는 눈송이마다
너의 이름이 있다.

겨울 5

눈 내리는 아침
산에 갔더니
눈송이 행성들이 마구 날아와 부딪치는데
하나도 아프지 않은
그 수많은 충돌

내가 이름도 모르고 스쳐 지나간
그 모든 얼굴들
알아도 차마 이름 부르지 못한
그리운 뒷모습들

별 하나 뜨지 않은
밤하늘에
별 하나 떠 있다면
그건 아마
내 가슴속에 들어와 잠든

너의 이름이겠지

사람들은 보지 못해도
내 눈에만 보이는
너의 얼굴이겠지.

겨울 6

아침
겨울 산행
소리도 없고
움직임도 없는
고요한 시간

아무도 걷지 않은 길

눈송이는 발자국도 없이
먼저 어디론가 걸어갔다.

눈송이 1

눈송이는 눈동자다
가로등 아래서
겨울나무 아래서
흐린 창문 너머로
밤하늘에 날리는 눈송이를
그리운 눈빛으로 바라보는
잠 못 드는 이들의 눈동자다.

눈송이 2

겨울 눈송이는
저녁 강물 위에 소리 없이 내려 불빛을 밝혔다
갈대는 바람 소리를 들으며
늦은 일기를 썼고
차가운 나무 의자엔
마른 나뭇잎 하나
취한 노숙자처럼 쓰러져 있었다
기와지붕 위에도
겨울 숲 쓰러진 나무 위에도
눈송이는 내려앉아
시를 쓰고 있었다.

눈송이 3

첫눈마다 이름 새기고 싶다
첫눈 눈송이마다 그대 이름 새기고 싶다
첫눈 그 모든 눈송이마다
그대 이름 새겨서
그대에게 보내고 싶다.

눈송이 4

그날 오후
유리 창문 너머로 날리는
눈송이들은 어디로 갔을까
밖으로 나가
환하게 웃으며 반겨주고 싶었는데
땅바닥에 떨어지기 전에
두 손바닥 내밀어 받아주고 싶었는데
보고 싶었다고
너무 그리웠다고 말해주고 싶었는데
아무 말도 못 하고
마중 나가지도 못하고
해가 지고 어두워지는 밤
두 눈동자로 하나 둘 헤아리던
그 셀 수 없이 많은 눈송이들은
지금 다 어디로 갔을까.

눈송이 5

눈이 눈 마주치며 내린다
나의 눈은 너의 눈을 보고
너는 창밖으로 내리는 눈송이를 보고
내 눈동자 속에 담긴 너의 눈동자
너의 눈동자 속에 비친
그 수많은 눈송이들
너의 눈동자 안에 휘날리는
헤아릴 수 없이 많은 눈송이들이
내 검은 눈동자에 하얗게 내린다.

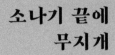

3부

소나기 끝에
무지개

소나기 1

차창에 부딪혀 흘러내리는
소나기가 글씨를 쓰며 사라져간다
말하지 않아도 알 것 같은 침묵의 언어

우리는
듣지 않아도 될 말들과
보지 않아도 될 눈빛들 속에서
얼마나 할 말을 하지 못하고
보아야 할 것을 보지 못하고
살아가는가

늦여름의 소나기는
나를 보지 않고
말 한마디 걸지 않았으나
모든 말을 해주고 지나간다.

소나기 2

가을 오후 내린 슬픈 소나기
별을 스치는 서늘한 바람
공터에 떨어진 마른 나뭇잎들

어느 날 갑자기 다가온
이별의 사연들을 안고 누워 있다

가을이라서
가을이어서

이별마저 눈부시게 아름다운
아, 가을이라서.

소나기 3

가을에 내린 소나기는 걸음을 멈추게 한다
그리움을 멈추게 한다
그 지독한 고독을 적셔버린다
멍하게 비만 보게 한다
아무 일도 못 하게
더 이상 한 걸음도 못 걷게
더 이상 아프지 않게 한다
비가 그칠 때까지
비를 맞아도 괜찮을 때까지
그냥 그대로도 좋다고 한다.

소나기 4

아주 가끔은
소나기가 가슴에 내릴 때가 있다
그 비는 몸을 하나도 적시지 않는다
얼굴도 어깨도
나의 두 손과 발도

우산도 없이 걷다가
소나기를 맞아 흠뻑 젖어도
몸이 젖지 않을 때가 있다

소나기가
마음에 먼저 내릴 때가 있다.

소나기 5

늦은 밤
창문을 두드리며 도착한 노래가 들린다

가을 소나기가 내려
적적한 상념을 적신다

희고 검은 건반을 누르며 들리던
그해 여름의 피아노 소리

내 가슴에 품고 기도하다가
비 맞은 성경책은 어디에 있을까*

그 비에 젖은

* 시인은 젊은 신학도 시절 소나기가 내릴 때도 무등산 기도원 바위
  에서 성경을 가슴에 품고 기도하였다.

성경을 찾으려고

낯선 골목의 담장 아래서
그 여름 오후의 피아노 소리를 들으며
옛 소나기를 찾아 헤매고 있다.

소나기 6

소나기 내리는 저녁
당신을 향한 기다림의 향기는
은은한 전등 불빛 아래서 노란 꽃을 피웠다

비에 젖었던 건
우산이 아니라
우산 아래 서 있었던 텅 빈 그리움이었다

달빛이 부서지는
회색 도시의 어둔 골목에서
헤어지기 싫은 별들이
서로의 눈빛을 바라보며
작별 인사를 나누고 있었다

사랑하는 이를 기다리다
비에 젖은 눈동자는 아름답다.

소나기 7

소나기가 하는 말을 나는 알아듣지 못합니다
내가 하는 말을 소나기는 알아듣지 못합니다
소나기가 하고 싶은 말들이 계속 내리고
내가 하고 싶은 말들이 계속 떠돌고
내가 소나기의 말을 알아들을 때까지
소나기가 내 말을 알아들을 때까지
소나기는 내리고 내려 이 밤을 적시려나 봅니다.

소나기 8

늦겨울 소나기가 내리는 밤
겨울 다 가고
봄이 우산 쓰고 오나 보다
한 손에
산에서 꺾어 온 들꽃 한 다발 들고
소나기 내리는
겨울 밤길을 걸어와
나의 창문을 두드리며
꼭 봄이 올 거라고
반드시 꽃 피어날 거라고
말해주고 싶었나 보다.

비 1

나는 비를 맞고
비는 나를 맞고

비 내리는 밤길을 걸어서라도
만나고 싶은 사람이 있다는 것은
참으로 설레는 일이다

밤새 내내
내 귓가에 내리는 빗소리

비 내리는 밤은
비가 나를 불러 같이 비 맞자고 한다.

비 2

아무리 기다려도 비는 오지 않았다
비는 기다리는 자에게 오지 않는다
비는 기다리는 것이 아니라 맞는 것이다
비가 오지 않을 때는
문을 열고 길을 떠나야 한다
비를 기다려서는 안 된다
비는 길을 걷는 자에게 온다
비는 기다림 끝에 오는 것이 아니라
비를 찾아 떠나는 자에게 내린다.

비 3

비가 내리는 것은
이 땅의 누군가 목마르기 때문이다
누군가 잠 못 들고 목마른 것은
아직 내려야 할 비가 남아 있기 때문이다
새벽에 일어나 주전자에 목을 축이는 것은
창문을 두드리며 나를 부르는 빗방울이 있기 때문이다
비도, 목마름도
누군가를 부르는 것이다
빗줄기 하나마다 외치며 떨어지는 이름들
비가 오면 목이 마른 이유는
그리운 이름들이 나를 부르고 있기 때문이다.

비 4

빗줄기가 시간이라면
지금 얼마나 많은 시간이 쏟아지는 것일까
그런데 나는
빗줄기 하나하나의 시간을 헤아릴 듯하다
산언덕에 피어난 들꽃들은 잘 있을까
늦은 밤 홀로 집으로 돌아오다
가로등 불빛 너머 빛나는 별을 헤아린다
별이 사랑이라면
지금 얼마나 많은 사람들이
사랑을 기다리며 잠 못 들고 있는 것일까.

봄비

나에게 아무것도 바라지 않은 사람이 있었던가
비가 내린다
창가에 앉아
차를 마시며
빗소리를 듣는다

내게
아무것도 원하지 않은
봄비 내리는 오후다.

무지개 1

너의 불 속에
나의 물이 뛰어들었을 때
우린 둘 다 사라질 줄 알았지
너의 불이 꺼지고
나의 물이 수증기가 되어 증발해 버릴 줄 알았지
우리가 하나 될 수 없는
이유는 백만 가지이지만*
그래도 우린 사랑하기에
서로의 손을 잡았지
너의 몸이 조금 차가워지고
나의 몸이 조금 따뜻해졌지
아니 너도 나도 아닌
우리의 무지개가 떠올랐지.

* 영화 〈엘리멘탈〉의 대사.

무지개 2

햇빛 속에 담긴 건반
빨주노초파남보
피아노를 친다

아무리 지치고 힘들어도
햇빛 속에 얼굴 파묻고
너의 피아노 소리를 들으면
마음이 편안해지고
숨이 쉬어진다

빨주노초파남보
빨주노초파남보

너의 건반을 칠 때마다
햇빛이 퍼져가고
시냇물이 흐르면서

새싹이 돋고 꽃이 핀다

내 안에도
너만을 위한 피아노가 있다.

무지개 3[*]

비가 그치고
그가 방주에서 나왔을 때
하늘에 드리운 너

회색빛 하늘 아래서
죽음의 공포와 절망에 지쳐가던
이들을 따뜻하게 안아주며
다시는 홍수심판을 하지 않으리라 약속한
일곱 빛깔의 사랑

너를 볼 때마다
검은 구름 너머에 깃든
사랑과 약속의 노래가 들리고

[*] "내가 내 무지개를 구름 속에 두었나니 이것이 나와 세상 사이의 언약의 증거니라"(창세기 9:13).

그 어떤 홍수와 폭풍도 지울 수 없는
위대한 그림이 보인다
하늘 저편
나를 위해 쓴 시가 읽힌다.

무지개 4

늦은 밤까지 시가 오지 않는 날은
한 마리 진홍가슴새가 되어
가시나무 숲으로 날아간다
명시인들의 시집을 봐도
도무지 시는 찾아오질 않고
대신 붉은 코피만 쏟아져
하얀 종이 위에 핏방울이 번져갔다

나도 모르게 잠들었다
아침에 일어나 보니
마침내 시가 찾아와 있었다

진홍가슴새는 가슴 시린 잔인한 밤을 새우며
달과 태양이 만나 황홀하게 피워낸
아침 무지개의 시를 가져온 것이다.

무지개 5

상처 없는 그리움이 어디 있으랴
파도의 그리움이 물꽃을 피우고
봄바람의 갈망이 솔꽃들을 피워내듯
내 안의 그리움은
비 그친 구름 사이로 무지개를 피워 올립니다

알고 있나요

그리움이 사무칠수록 상처도 크다는 것을
사랑이 깊을수록 외로움도 길어진다는 것을

비 그치고 사람들 떠나도
내가 길을 떠나지 못하는 이유는
그리움의 조각이 남아 있기 때문입니다
저 무지개 너머
언젠가 당신이 오시리라는

약속을 믿고 있기 때문입니다.

우중산책

비 오는 날에 비옷을 입고 산에 가고 싶은 이유는
비옷 위로 떨어지는 빗방울 소리를 듣고 싶어서다
나뭇잎에 튕겨 떨어지는 빗방울의 추락을 듣고 싶
었다
비에 젖은 새들과
비에 젖은 꽃향기와
비에 젖은 외로운 나무들 곁에서
나도 새처럼
나도 꽃처럼
한 그루 외로운 나무처럼
이제는 그저 비를 맞고 싶다
비옷을 벗고 비에 젖으며 웃고 있다.

4부

**등대와 별
그리고**

등대 1

누군가를 만나 이야기를 듣는다는 건
새로운 세계를 만나는 것이다
난 얼마나 많은 이야기를 듣고 살았나
또 얼마나 많은 이야기에 귀 막고
눈 감고 살았나

나를 스치고 간 수많은 사람들
나와 함께 머물다 떠나간 사람들
나의 바다에 셀 수 없이 몰아치던 파도들

해 지는 바닷가에서
잊혀진 이름들을 떠올리며 읊조린다

등대는
밤바다를 다 비출 순 없어도
자기를 찾는 배는

결코 잊어서는 안 된다는 것을.

등대 2

바다가 어찌 등대를 잊으며
등대가 어찌 바다를 잊겠는가

밀려오는 파도를 어찌 막으며
불어오는 바람을 어찌 피할 수 있겠는가

파도여 오라
바람이여 불어라

등대는 외로워도
바다를 잊지 않는다.

별 1

별이 반짝이는 것은
누군가 바라보는 사람이 있기 때문이다
별도 사람도
누군가 바라볼 때 빛난다

헤아릴 수 없이 많은 별들 사이에서
헤아릴 수 없이 많은 사람들 사이에서

별 하나
나 하나

별도 사람도 마주 볼 때 빛난다.

별 2

길 가다
눈앞에 환한 별 하나 떠서
고개를 들었더니
깊은 저녁
나처럼 고개 숙이고 서 있는
가로등 하나

나는 가만히 서 있는데
그림자만 가로등 주위를
서성이는 밤

온 밤을 마음껏 헤매다
사람들 모두 잠들면
그제야 닫힌 창문을
소리 없이 열고 들어와
내 품에 잠드는

별 하나.

별 3

하루 종일
사람들의 숲을 거닐다
집으로 돌아오는 길
외로이 떠 있는 별 하나 눈을 깜박거린다

무슨 할 말이 있는 것 같은데
눈만 깜박거린다
나도 겨울나무 곁에 가만히 서서
별을 보며 눈만 깜박거린다

별에게 하고 싶은 말이 있는데
별도 나도 눈만 깜박거린다.

별 4

별 곁에 별이 있다면 별은 외롭지 않다
아무리 먼 곳에 떨어져 있어도
별빛이 닿아 어둠을 비추고 있다면
따스한 말소리 귓가에 닿는다면
그 별은 혼자가 아니기에
밤이 외롭지 않다

저 먼 하늘
아득한 시간 저편
별을 비추는 또 하나의 별

우린, 누군가의 별이다.

별 5

사람들은 저마다의 별이 있을까
저 수많은 밤하늘의 별들 사이에
내 별은 어디에 숨어 빛나고 있을까
끝도 없는 어둠 너머 어디에
나의 별은 잠들어 있을까

산길을 내려왔을 때
바람 사이로 볼을 스치던 초저녁의 봄비
저 별에도 이렇게
푸른 어둠이 내리고
바람이 불고
차가운 비가 내리고 있을까.

별 6

나는 몰랐다
저 하늘의 별이 차마 마주치지 못한
눈빛이었다는 것을

나는 몰랐다
저 지상의 꽃들이 차마 고백하지 못한
사랑의 마음이었다는 것을

나는 몰랐다
저 창문 밖으로 스치는 바람이
차마 지우지 못한 그리움이었다는 것을.

달 1

달이 내려와 가슴에 떴네
하얀 구름과 별들이 달을 찾고
달은 내 품속에 숨어
잠을 자려 하네

밤은 누가 지키려고
네가 없으면
구름도 별들도 외로울 거야

달이 잠시 생각에 잠기더니
다시 밤하늘 가운데 떴네
좋은 건지, 토라진 건지 알 수 없는 눈빛으로
먼 산만 보며 흘러가네.

달 2

달아 고마워
잠 안 자고 기다려줘서
바람도 찬데
구름 이불 덮고 자
방문은 잠그고
불은 끄고
그래도 잠 안 오면
잠시 담벼락 타고 내려와
그림도 그리고
그리운 이름도 불러보고
남몰래 낙서도 해놓고
골목길을 마음껏 내달려 보렴
밤이 깊어 모두 잠들면
그땐, 슬그머니 다시
아무런 일 없는 듯이
저 겨울 밤하늘 덩그러니 떠서

구름 뒤에 숨어
두 눈 감고 잠든 척하렴.

달 3

달이 웃는다
저 혼자 웃는다
사람들 곤히 잠든 모습 보고
환히 웃는다
달이 밤마다 웃으면 좋겠다.

가을 바다 1

가을비가 내리는 날엔
바다로 가자
거친 파도 밀고 와
발끝에서 하얗게 부서지는
마음 여린 가을 바다에게
두 손을 건네주자
비를 두 눈에 적시고
바람을 빈 가슴에 담아
푸른 바다처럼 출렁이는
내 안의 유리 어항 속 사랑과 자유의 노래를
저 가을비 내리는 바다 위로 마음껏 외쳐보자
가을비가 내리는 날엔
두 팔 벌려 바다를 안아보자.

가을 바다 2

가을 바다는 이름을 묻지 않는다
그대로 안아준다
바람으로
파도로
해변의 불빛으로
떠날 때도 붙잡지 않는다
그냥 그 자리에서
빈 배를 흔들며 물결치고 있다
아무 때나
언제 가도
나를 안아주는 바다
그 푸른 가을 밤바다.

코스모스

저녁 강물은 흘러가는데
산 그림자는 들녘 위로 조용히 드리우는데
가을 노을 번져가는 하늘엔
새들이 길 없는 길을 날아가고
나무들은 서서 잠을 청한다
밤이 깊어가고
스산한 바람이 불어와
다들 집으로 쓸쓸히 숨는데도
길가에 피어난 코스모스는
여전히 웃고만 있다.

그런 사람

그때가 언제이든
신발 툭 던져놓고
흙먼지 나는 들길을
꽃향기 맡으며 걸을 수 있는 사람
누구에게도 말 못 한 가슴에 담긴 이야기
웃고 울며 나눌 수 있는 사람
하얀 파도에 발끝을 적시며
말없이 푸른 바다를 바라볼 수 있는 사람
가슴 화병에 꽃을 꽂고
파도의 이야기를 들으며
웃기만 해도 하고 싶은 말이 무언지
알 수 있을 것만 같은
그런 사람.

철쭉

끝내 왔구나
드디어 피었구나
겨울 내내
그 수많은 눈보라와
새벽이슬과
얼음 같던 차가운 밤의 고독 속에서도
말 한마디 없이 버티고 버티더니
길을 걷다 지쳐 멈춘
흙 묻은 두 발 앞에
그 붉은 사랑 고백 토해내고 있구나.

흘러간다

흘러간다
바람 햇살 나무 구름 마음
달 별 꽃
나를 스치고 흘러간다

다리에서 흘러가는 강물을 보면
가만히 있어도
내가 움직였다

의자에 앉아 바라본 달이
허리 숙여 코를 가까이 댄 꽃이
창문 너머 바람에 흔들리는 나뭇잎이

흘러간다
나를 스치며 흘러간다.

야간기차

슬픔처럼 고요한 것은 없다
혼자 외롭게 고통을 느끼게 하니까
흐린 의식의 저편
밤의 적막을 꿰뚫고 달려가던 야간기차
은빛 레일 위에 외발로 서서
돌멩이 틈에 피어난 작은 꽃과
눈동자가 마주쳤지
전봇대 아래는 달빛 우물이 고이고
도시로부터 멀리멀리 벗어나던
야간기차의 뒷모습은
허리가 유난히 길었던 검은 길고양이 같았다
어쩌면 삶은,
누군가에게 보내는 한 통의
편지가 아닐까.

산

산이 나에게 말했다
아무것도 가져오지 말라고
난 물병을 손에 들고 바위에 앉아
거친 숨을 몰아쉬며 생수를 마셨다
물 한 모금도 무게가 되는 곳이 산이다
산은 버리면 버릴수록 더 채워지고
오르면 오를수록 더 가벼워졌다
산에 오면 모든 것을 빼앗기고 간다
더 빼앗길 것이 없을 때까지
산에 오른다.

장미

장미가 꽃잎을 떨어뜨릴 때는
빨간 눈물을 흘린다
장미가 바닥에 떨어진 꽃잎을 주우려
손을 내밀 때는
바스락거리는 풀잎 소리가 난다
장미가 꽃잎을 잊으려 눈을 감을 때는
별들이 뜬다.

사랑

바람이 조금만 불어도 다치는
풀들의 세상
큰 발자국 소리 하나만 들려도
깜짝 놀라는 사슴들의 세상

사랑은
기쁨과 슬픔과 만남과 이별과
환희와 고통과 웃음과 울음
그 모든 것을 초월한다

사랑은 그 모든 것을 감싸고도
행복하게
웃을 수 있게 해준다.

스페로 스페라*

당신이 걸어온 인생의 길
너무 힘들어 울고 싶을 때
너무 괴로워 주저앉고 싶을 때
모든 걸 버리고 떠나고 싶을 때
조용히 속삭여 봐요
스페로 스페라, 스페로 스페라
나는 희망해요 당신도 희망하세요

당신이 사는 오늘 하루는
어제 죽은 이가 그토록 살고 싶었던 내일
살아 있기에 아프고
사랑하기에 외로운 것
한 번만 더 힘을 내봐요
한 번만 더 날개를 펴봐요

* 라틴어로 '나는 희망한다. 너도 희망하라'는 뜻이다.

당신의 숨결로 노래해 봐요
스페로 스페라, 스페로 스페라.

슬픔과 용서

공연히 슬픔이 찾아올 땐
누군가에게 용서를 구해보세요
누군가가 용서를 구하러 온다면
무조건 슬퍼하시고요
누군가가 그대를 속이려 든다면
슬픔을 선물로 건네줘 보세요
그 슬픔은
용서라는 바다를 만들어주거니.

내 마음의 수금

내 마음의 수금을 타고 있는 이여
슬플 땐 희열의 현을 타주고
행복할 땐 달콤한 메아리를 치게 해주는 이여
내 안의 수금 줄을 당길 때마다
때로는 빗줄기가 흘러내리고
때론 하얀 눈이 내려옵니다
내 안의 수금을 타고 있는 이여
그 수금이 당신을 위해 존재하고 있음을 아는 이여
이젠 당신을 위해서만 줄을 당길 때입니다.

빗물

검은 대지 위에 비가 내리는 것은
내가 흘릴 눈물을 대신한 것입니다
푸른 초원 위에 비가 내리는 것은
나의 영혼의 정원을 푸르게 하기 위함이고
내 영혼의 정원 위에 비가 내리지 않는 것은
당신의 영혼의 대지를 푸르게 하기 위함입니다
그 빗물은 우리 모두에게 푸른 생명과 사랑의 젖줄
이려니
우리 함께 젖줄을 사모하세
그 젖줄을 빨며 빗물의 찬가를 부르세.

너에게 가는 길

오늘도 나는 너에게 간다
그러나 너는 나를 모른다
너에게 가는 나만이 아는 길을 걸으며
너는 모르는
나만의 기억을 떠올린다
바람이 불고 비가 내리고
햇빛이 쏟아지는
너의 창가에는
나만이 아는 노래가 흐르고 있다
너에게 가는 길은
나만이 알기에
너에게 가는 길은 아무도 모른다.

풍경

세상에서 가장 아름다운 풍경은
지금 두 눈으로 보고 있는 풍경이다
세상에서 가장 아름다운 음악은
지금 두 귀로 듣고 있는 음악이다
세상에서 가장 아름다운 사람은
지금 내 앞에 마주 앉아 있는 사람이다

볼 수 없다면
들을 수 없다면
함께할 수 없다면
세상의 그 어떤 것도 아무것도 아니기에

내가 보고 듣고 함께할 수 있는
지금 이 순간의 풍경과 음악과 사람이
가장 아름다운 것이다.

선물

눈동자가 마주칠 때
꽃이 피고
별이 뜨고
이슬이 되는 사람이 있다

말을 하지 않아도
눈빛의 이야기가 끝이 없고
언제 만나도 낯설지 않은
숲속의 나무 의자처럼 편안하고
해변의 등대처럼
가슴 설레는 사람이 있다

아주 오랫동안 잊고 살았던
꼭 한 번 받고 싶었던
그리운 선물 같은 사람이 있다.

침몰

목마른 자가 물을 찾듯이
물도 목마른 자를 찾고
생명도 원하는 자에게 머물며
사랑도 갈망하는 자에게 찾아가나니
모두를 초청해 보시구려
그대를 침몰하고 휩쓸어달라고
그 엄몰 속에서
새로운 사랑의 운율이 탄생할 수 있고
그대는 그 사랑의 희생제물을 자처하게 될 수도 있
을 것이니.

흙

왜 몰랐을까
수억 번 이상을 밟고 다녔을 텐데
애당초 너와 내가 하나였다는 사실을
내가 너로부터 나왔듯이
결국 너에게 돌아간다는 사실을
왜 몰랐을까
너와 나는 하나이지만
너는 영원하고 나는 유한하다는 사실을
깨달은 후부터
내 몸속에 흙이 맴돌고 있다.

공기

너는 보이지 않지만
세상 그 어떤 산보다도 큰 산이며
그 어떤 바다보다도 더 넓은 바다이다
너의 이름은 어디에나 있다
너의 숨결은 어디에나 흐른다
한없이 만지고 싶고 안아보고 싶어도
만질 수도 없고 안을 수 없지만
네가 있기에 내가 산다고 소리쳐 본다
너는 나의 생명의 기원이요 숨결이며
생명의 뿌리요 삶의 공간이라고.

물

네가 가는 곳마다 길이 열린다
꽃이 피고 새가 노래하고
생명이 잉태된다
네가 닿는 곳마다 푸른 잎이 돋고
버려진 사막이 별이 뜨는 꽃밭이 된다
너를 가까이하면 할수록
죽은 것들이 살아나고 쓰러졌던 풀들이 일어선다
너는 오늘도 모든 것을 품고 말없이 흐른다
나 역시 오늘도 물이 되어 흐르고 싶다.

불

살인 광선이 내리쬐는
아라비아 사막에서
목마름의 고통을 느끼다 죽어도
불사조는 불이다

푸른 하늘 너무 좋아 누비다
난데없이 날벼락 맞아
날개 꺾여 죽어도
불사조는 끝까지 불이다

향나무 태산처럼 쌓아놓고
불을 지른 다음
자기 날개로 부채질한 후
절정의 불길 속에 스스로 곤두박질하여
한 줌의 잿가루가 되어도
불사조는 기어이 불로 타오른다

썩은 시체와 한 줌의 재 가운데서도
더 싱싱하고 활기찬 피닉스의 모습으로
다시 부활하기 때문이다

난 오늘도 불의 노래를 부른다
쓰러져도 일어나며 죽어도 사는 생명으로
피닉스의 연가를 부른다.

춘풍추우(春風秋雨)의 시적 형상

– 소강석 시집《너라는 계절이 내게 왔다》

김종회

(문학평론가, 전 경희대 교수)

1. 소강석 시의 선 자리와 갈 길

소강석은 감성의 시인이다. 그는 자연의 경물(景物)과 인간사의 비의(秘義)를 사뭇 감각적인 어투로 노래한다. 어려운 어휘나 한자 말을 즐겨 쓰지 않는다. 평이하고 순후한 언어들의 조합으로 진중하고 깊이 있는 의미의 매설을 시도하는 것이 그의 시다. 그러기에 그 눈에 비친 삼라만상(森羅萬象)은 모두 시의 소재가 된다. 쉽고 감각적이며 이를 통해 조화로운 감응력을 촉발한다는 측면에서 보면, 그의 시에 이르기까지 우리 문학이 마련해 둔 문학사적 친족 관계가 있다. 정호승이나 나태주나 이해인의 시가 그 절목(節目)들이다. 그리고 이 시인이 오랜 세월 기리고 동경해 온 민족시인 윤동주가 있다. 그렇게 그의 시는 여린 감성과 값있는 의미를 거멀못처럼 함께 붙들고 있다.

익히 알려진 바와 같이 그는 목회자 시인이다. 그

것도 한국의 기독교계를 대표하는 이름 있는 교회를 섬기며, 교계의 방향성을 이끄는 상징적인 인물이다. 그가 시를 쓰고 이미 여러 권의 시집을 상재(上梓)하여 객관적 평가를 받았다는 사실은, 주요한 참고자료이지 그로써 시 세계의 수준이 고양되는 것은 아니다. 그의 시를 읽고 향유하며 감동하는 독자의 자리는 편안하고 자유롭다. 그러나 그 시가 우리 문학사에 제자리를 잡고 정초(定礎)하기까지, 우리에게는 보다 예리한 매(鷹)의 눈이 필요하다. 보다 거칠게 표현하자면, 그가 저명한 목회자이기에 자신의 시 세계를 동반하고 있는 것이 아니라 그의 시가 볼품이 있기에 목회자 시인이라는 명호(名號)가 빛난다는 말이다.

그는 시의 미학적 가치를 논의하는 이 상대적 언어 문법을 잘 알고 있는 시인이다. 꼭 그래서만은 아니겠으나, 그의 시에는 일반적인 신앙인의 시가 보여주는 하나님이나 예수님 같은 단어가 전혀 등장하지 않는다. 하지만 그도 알고 우리도 알고 있다. 풀 한 포기, 바람 한 점에도 '그분'의 숨결이 잠재해 있다는 사실을. 그는 이 눈에 보이지 않는 존재론적 법칙을 우리 면전에 매우 순탄하게 펼쳐 보인다. 일상이 시가

되고 시가 일상이 되는 생활 문학의 방정식이 그의 전
매특허와도 같다면, 그는 그러한 지점에서 박인환이
나 조병화 같은 시인들의 뒤를 잇는 새로운 주자(走者)
에 해당한다. 이를테면 오래 묵은 생각에 힘입어 창작
의 손길에서는 쉽게 시를 생산하는 특장(特長)이 그에
게 있다.

소강석은 지금까지 《외로운 선율을 찾아서》, 《꽃으
로 만나 갈대로 헤어지다》, 《다시, 별 헤는 밤》 등 10여
권의 시집과 50여 권의 저서를 내놓았고 그로써 윤동
주문학상·천상병문학상·기독교문화대상 등의 문학상
을 수상했다. 그의 시집들은 한결같이 자연 친화의 사
상으로부터 자연 해석의 의미화로 이어지는 시적 패턴
을 유지하고 있으며, 그 가운데 《다시, 별 헤는 밤》은
윤동주의 삶과 시를 추적하고 그 역사적 교훈을 탐색하
는 주제론적 특성을 보여준다. 그에 뒤이어 이번의 시
집은 시적 언어와 문장이 한결 단단하게 압축되고 서사
적 진술이 축소된 반면 의미망의 넓이와 깊이를 확보
하려는 시도를 볼 수 있다. 그러한 연유로 그의 시 세계
가 이 지점에서 한 단계 승급(昇給)의 발돋움을 한 형국
이다. 그리고 이는 앞으로 그의 시가 추동(推動)할 전방

지점이 될 것으로 보인다.

2. 계절의 풍광과 내면의 상흔

일찍이 프랑스의 시인 아르튀르 랭보는 《지옥에서 보낸 한 철》에 실린 〈굶주림〉이라는 시에서 "계절이여, 마을이여, 상처 없는 영혼이 어디 있는가"라고 적었다. 왜 랭보가 여기서 '계절'이란 단어를 앞세웠을까. 계절은 우리 삶의 주변에서 일상의 변화를 감지하게 하고, 그에 따른 사유(思惟)의 굴곡을 형성하게 하는 가장 친숙한 자연환경이기 때문이다. 19세기에서 20세기에 걸쳐 세계적인 문예 장르가 된 일본의 하이쿠가, 17자의 짧은 문면(文面)을 가지고 있으면서 그 안에 반드시 계어(季語)를 포함한 연유도 거기에 있다. 소강석의 이번 시집은 봄·여름·가을·겨울 사계절을 중심 소재로 하고, 계절이 우리에게 공여하는 여러 전언(傳言)을 예민하게 포착한다.

이 시집의 1부는 '봄과 여름'을 소재로 한다. 봄에는 청양(靑陽)이나 목왕(木旺)이라는 별칭이 부여되어 있다. 햇빛이 싱그럽고 나무의 기맥이 되살아난다는 뜻이다. 봄을 소재로 한 소강석의 시는 꽃과 별과 달, 그리고 바람과 구름과 햇살과 같은 우주 자연의 여러 구성 분자를 시의 품 안으로 불러들인다. 이 분자들이 모두 저마다의 모양과 색깔을 갖고 있기에 그 시의 행렬이 마치 백화난만(百花爛漫)한 봄날의 화원처럼 다채롭고 풍성하다. 하지만 시인은 그 가운데 봄의 정령처럼 숨어 있는 인생세간(人生世間)의 이치를 궁구(窮究)하는 데 영일이 없다. 이 안과 밖, 심층과 표면의 발화 방식에 방점이 없었더라면 그의 시들이 평범한 비유와 서술의 차원에 머물렀을 수도 있다.

눈앞의 꽃 지고 나면
세상 모든 꽃 다 진 줄 알았더니
일어나
눈을 들어보니
사방 천지가 다 꽃이었다

꽃 한 송이 졌다고 울지 마라

눈 한 번만 돌리면
세상이 다 봄이다.
– 〈봄 1〉

꽃 피었다
꽃 진다

이별은 사랑하는 사람이 하는 것이다
사랑해 보지 않은 사람은
이별을 모른다

꽃 지고
다시 꽃 핀다

사랑은 이별한 사람이 하는 것이다
이별해 보지 않은 사람은
사랑을 모른다

사랑이 무언지 알 것 같은

봄이다.

– 〈봄 2〉

일반적인 상식으로는 '눈앞의 꽃'이 지고 나면 '세상
의 모든 꽃'이 다 진 줄 안다. 그것이 범상한 사람들의
보편적인 시각이다. 그러기에 화무십일홍(花無十日紅)
이나 권불십년(權不十年)과 같은 한문 구절이 있는 것
이다. 그런데 이 시인은 다르다. '일어나 눈을 들어보
니' 세상천지가 다 꽃이다. 그것은 그동안 못 보던 꽃
이라는 해명보다는 꽃 진 자리에서도 꽃의 형상을 유
추할 수 있는 새 눈을 열었다는 언표(言表)가 아닐까.
'눈 한 번만 돌리면 세상이 다 봄'이라는 언사는 그래
서 가능한 것이 아닐까. 두 번째로 인용된 시에서 시
인은 '이별은 사랑하는 사람이 하는 것'이라는 첫 개념
과 '사랑은 이별한 사람이 하는 것'이라는 다음 개념
을 절묘하게 대칭적인 자리에 둔다. 이 이별과 사랑의
연계와 배치로 인하여, '사랑이 무언지 알 것 같은 봄'
이다. 누가 일찍이 봄을 두고 이렇게 노래했을까.

봄에 이어 여름이 온다. 한 해의 살림살이로 말하자
면 꽃이 피면 열매를 맺고 낙엽이 지고 나면 잎이 돋

지 않는다. 여름은 그 무더위로 인하여 사람을 무기력하게 만들지만, 그것이 순환에 따른 계절의 법칙인 것을 알기에 좌절하지 않아도 된다. 폴 발레리가 〈해변의 묘지〉에서 '바람이 분다. 살아야겠다'고 쓴 그 새로운 의욕을 소강석의 여름 시편들에서 볼 수 있다. 여름밤의 별, 바닷가의 미소, 모래사장의 글씨, 계곡의 물소리, 푸른 대나무 숲, 서늘한 그늘 등의 온갖 여름 특수(特需)가 소강석의 시에 옛 장터에 넘치는 풍물처럼 흥왕한 잔치를 벌인다. 그런데 이 시들은 한결같이 꿈꾸고 소망하는 자의 언어를 가졌다. 그의 시적 정서는 뒤로 물러나 침윤하거나 속절없이 패퇴하는 법이 없다.

여름 새벽 바다 모래사장에
글씨를 써놓았더니
파도가 올라왔다 읽고 내려간다
다 읽지 못했는지
또 올라왔다 내려갔다
읽어도 무슨 말인지 모르겠는지
또 올라왔다 내려갔다 하며

읽고 또 읽는다
파도가 내가 쓴 글씨를 지워놓고
어디에 있는지 찾고 있다
온 우주가
새벽 바다에 밀려왔다 떠내려갔다 하며
그리움을 노래한다.
– 〈여름 2〉

여름 바다의 절벽은 파도를 기다린다
그대와 함께한 인고의 세월들
만나고 부딪치고 찰싹거려
지금은 누구도 조각할 수 없는
천하절경의 기암괴석으로 서 있다

파도 역시
여름 바다의 절벽을 그리워한다
그대 없이
어찌 이 아름다운 물꽃을
만들 수 있겠는가

그대와 부딪쳐야만 피는 흰 물꽃들
찰싹거릴 때마다
만발하는 이 황홀한 순간의 자태
그대 없이 어찌 내가 있겠는가

오늘도 여름 바다의 절벽과 파도는
또 하나의 사랑을 만들어내기 위해
물망초의 연가를 부른다.
　　　－〈여름 5〉

　인용된 시 〈여름 2〉는 이 시집 전체를 통괄하여 살
펴보더라도, 가장 선명하게 눈에 들어오는 수작(秀作)
이다. 기실 어느 훌륭한 시인의 시집이라 할지라도
그 시집에 실린 시가 모두 수발(秀拔)할 수는 없다. 한
시집 가운데 몇 편의 절창이 수록되어 있다면, 우리
는 그것을 좋은 시집이라 부른다. 이 시집에는 그러
한 역할을 하는 시가 여러 편 있다. 이 시에서 파도와
글씨는 자연스러우면서도 팽팽한 긴장감을 동시에 가
진다. 그것을 세계와 자아, 온 우주와 시적 화자의 그
리움으로 치환하여 노래하는 기량은 만만한 것이 아

니다. 〈여름 5〉에서도 마찬가지다. '여름 바다의 절벽'과 '아름다운 물꽃'으로 명명된 파도의 유착을 '물망초의 연가'라고 불렀다. 시인의 여름은 이렇게 여러 곳에서 여러 태깔로 계절의 시를 산출한다.

3. 모든 잎이 꽃이 되는 날의 시

가을은 소리 없이 온다. 그야말로 '문득' 가을이다. 가을에 보는 라이너 마리아 릴케의 지난여름은 위대하다. 가을날은 김현승에게 있어 기도하는 계절이다. 가을의 풍경은 결코 봄에 뒤지지 않는다. 그러기에 알베르 카뮈의 어록에 "가을은 모든 잎이 꽃이 되는 두 번째 봄이다"라는 것이 있다. 이것은 시가 현실 법칙이 아니라 진실 법칙에 의거해 있으며, 시에 있어서 '어법의 일탈'이 허용될 수 있음을 증명한다. 가을의 결실이 봄의 기다림과 여름의 땀을 거쳐 왔다는 사실을 모르는 이 없으나, 이를 시의 얼굴로 현현(顯現)하게 하자면 그처럼 직설적인 방식은 감동이 덜하다. 그렇다면 우리가 공들여 살펴보고 있는 시인 소강석은

이 대목에 어떻게 대응하고 있을까.

이 시집의 2부에서 소강석 시의 가을은 온갖 이미지의 상징체들로 가득 차 있다. 나뭇잎, 달빛, 하얀 구름, 빗줄기, 들국화, 단풍과 낙엽 등의 소재들이 객관적 상관물이 되어 저마다의 불을 밝히고 있다. 그는 나뭇잎에서 추억을, 가을비에서 시를 쓰려는 의욕을, 별의 눈동자에서 뜨거운 가슴을, 가을 반달에서 환하게 불 켠 사람을 소환한다. 풍광이 아름답다고, 그 광경이 유난하다고 해서 누구나 거기서 시를 얻지는 못한다. 가슴속에 시심이 충일하지 않은 이는, 별유천지(別有天地)에 있다 하더라도 산뜻한 시 한 편의 주인이 되기 어렵다. 그렇게 보면 소강석은 경이로운 시인이다. 그 많은 일정과 숙제를 떠맡고 있으면서도 이렇게 일상을 시적 감각으로 점유하는 시인일 수 있다니! 아니다. 그가 시인이기에 오히려 그 많은 일을 할 수 있는지도 모른다.

문득
가을비가 내리고
바람이 불고

나뭇잎들이 허공 위로 날아가다
나의 발 앞에 떨어졌을 때

그건
나뭇잎이 아니라
편지였다
쓰고 싶은 시였다
불 꺼진 창문 아래서
혼자 부르고 싶은 노래였다

눈을 감아도 보이고
귀를 막아도 들리고
숨을 참아도 부르게 되는

사랑이었다.
- 〈가을 1〉

단풍 물든다는 것 생각해 보니
다 빼앗기고

더 이상 숨길 수 없어
가장 깊은 사랑 보여주는 것이었네

낙엽 진다는 것 생각해 보니
다 내어주고
더 이상 줄 것 없어
이별이란 말도 없이 사라지는 것이었네.
  - 〈가을 9〉

인용된 시 〈가을 1〉에서 시인은 가을비와 바람 가운
데 한 장의 나뭇잎을 만난다. 그런데 그것이 편지이자
쓰고 싶은 시이자 혼자 부르고 싶은 노래라는 것이다.
눈과 귀와 숨 모두를 차단해도 자신의 심령에 육박해
오는 '사랑'이라는 것이다. 나뭇잎 한 장에서 운명론
적 사랑을 발굴하는 기발한 시가 아닐 수 없다. 항차
나뭇잎만 그러할까. 그가 만나는 가을의 풍광들이 그
와 같은 감동과 계시를 담고 있다면, 그는 행복한 시
인이다. 〈가을 9〉에서 '단풍 물든다는 것'이 '가장 깊은
사랑'이요, '낙엽 진다는 것'이 '말도 없이 사라지는 것'
이라는 은유의 표현 또한 그와 다를 바 없다. 그것은

하는 수 없이 포기하는 상황이 아니라 자발적으로 내어주고 내려놓는, 삶의 경륜을 대변하는 상황이 아니겠는가.

　마침내 겨울이다. 지금까지 시적 패턴으로 보면 겨울 시편에 이르렀다고 이 시인의 시가 그 모형을 바꿀 리 없다. 일찍이 알베르 카뮈가 〈여름〉에서 단언하지 않았던가. "겨울 한복판에서 결국 나의 가슴속에 불굴의 여름이 있음을 안다!" 소강석의 겨울에 대한 시들은 은빛 가로등, 겨울나무, 눈 쌓인 가로수, 눈송이 행성과 같은 소재의 집적 위에 지금까지 그래온 것처럼 신중하게 의미의 성채를 쌓아간다. 그의 겨울은 결코 절망과 눈물의 귀착점이 아니다. 형편이 어려울수록 더 강력한 반탄력을 생산하는 것이 그의 시요, 짐작건대 시의 얼굴에 겉으로 드러나지 않으나 그의 가슴을 채우고 있는 믿음의 힘일 터이다. 유사한 언어 용법으로 P. B. 셸리의 〈서풍부〉 중 한 구절을 불러와 보자. "예언의 나팔 소리, 오! 바람이여. 겨울이 오면 봄 또한 멀지 않으리."

　　어느 겨울 오후

길을 잘못 들어 보게 된 꽃
냇가에서 홀로
고개 숙이고
물소리를 듣고 있던
다시는 볼 수 없는
그리운 꽃

그해 겨울날
차가운 바람 맞으며 서 있었던
이름도 묻지 못하고 헤어졌던
그 꽃.
－〈겨울 3〉

눈 내리는 아침
산에 갔더니
눈송이 행성들이 마구 날아와 부딪치는데
하나도 아프지 않은
그 수많은 충돌

내가 이름도 모르고 스쳐 지나간
그 모든 얼굴들
알아도 차마 이름 부르지 못한
그리운 뒷모습들

별 하나 뜨지 않은
밤하늘에
별 하나 떠 있다면
그건 아마
내 가슴속에 들어와 잠든
너의 이름이겠지

사람들은 보지 못해도
내 눈에만 보이는
너의 얼굴이겠지.
－〈겨울 5〉

인용된 시 〈겨울 3〉은, 어느 겨울 오후에 길을 잘못
들어 보게 된 꽃을 노래한다. 엄혹한 겨울날의 차가
운 바람 맞으며 서 있었던, 그리고 형편이 여의치 못

하여 이름도 묻지 못하고 헤어졌던 꽃이다. 어느 누구도 이 꽃을 생물학적 의미에 한정하여 풀이하지 않을 것이다. 시인에게 있어 꽃은 곧 사람이다. 그런데 '그 꽃'을 이 겨울날에 다시 반추하며 그리워한다. 인생의 봄이나 여름에서는 할 수 없는 생각의 자리다. 얼핏 고은의 〈그 꽃〉을 떠올리게 하나, 시의 형용이 그와 다르다. 〈겨울 5〉는 눈 내리는 아침에 눈송이들과의 만남을 말한다. 이때의 눈송이 또한 사람들이다. 그 모든 얼굴들, 그리운 뒷모습들. 윤동주의 별을 연상하게 하는 시행을 포괄하면서, 이 시는 밤하늘의 별 하나에 '너의 이름'을 결부한다. 거기 천지간을 관통하는 감성의 섬광이 있다.

4. 찰나의 시간 속에 머문 영원

윌리엄 블레이크는 〈순수의 전조(前兆)〉라는 글에서 이런 문장을 남겼다. "한 알의 모래에서 세계를 보고 한 송이 들꽃에서 천국을 본다. 그대 손안에 무한을 쥐고 찰나의 시간 속에서 영원을 보라." 여기서 굳이

이 금언(金言)을 불러온 이유는 시적 대상이 순간적이며 찰나적인 것이지만, 그것이 시로 구조화될 때 영원히 남는다는 사실을 강조하기 위해서다. 그래서 조병화는 '시는 영혼의 화석(化石)'이라고 했던 터이다. 소강석이 이 시집의 3부에서 주된 소재로 하는 소나기와 무지개 또한 그와 같은 존재 양식에 입각해 있다. 급하게 왔다가 금방 사라지지만 시의 그물로 포획하면 시인 자신에게, 또 그의 독자들에게 깊고 긴 여운을 남긴다.

이 시집의 3부에서 소강석 시의 소나기는 침묵의 대명사다. 말없이 차창에 부딪쳐 글씨를 쓰며 사라져간다. 말이 없을 뿐 전달하려는 메시지가 없는 것이 아니다. 그렇게 말 한마디 걸지 않으나 모든 말을 해주고 지나간다. 여기에 이 시인이 소나기라는 순간적인 기후의 결정체를 판독하는 관점이 놓여 있다. 이러한 논법을 적용하면 "비에 젖었던 건 우산이 아니라 우산 아래 서 있었던 텅 빈 그리움이었다"는 진술이 전혀 어색할 바 없다. 더욱이 겨울 소나기는 '꼭 봄이 올 거라고' 전해준다. 이 시의 세계에서 비는 그것을 보고 새로운 인식의 수레바퀴를 돌리는 자에게만 시적 전언(傳言)을 작동한다. 그 전언에 의하면 "비가 내리는 것은 이 땅의 누군가 목마르기 때문이다. 누군가 잠 못 들고 목마른 것은 아직 내려야 할 비가 남아 있기 때문이다".

아주 가끔은
소나기가 가슴에 내릴 때가 있다
그 비는 몸을 하나도 적시지 않는다
얼굴도 어깨도
나의 두 손과 발도

우산도 없이 걷다가
소나기를 맞아 흠뻑 젖어도
몸이 젖지 않을 때가 있다

소나기가
마음에 먼저 내릴 때가 있다.
-〈소나기 4〉

빗줄기가 시간이라면
지금 얼마나 많은 시간이 쏟아지는 것일까
그런데 나는
빗줄기 하나하나의 시간을 헤아릴 듯하다
산언덕에 피어난 들꽃들은 잘 있을까
늦은 밤 홀로 집으로 돌아오다
가로등 불빛 너머 빛나는 별을 헤아린다
별이 사랑이라면
지금 얼마나 많은 사람들이
사랑을 기다리며 잠 못 들고 있는 것일까.
　　　　　－〈비 4〉

　먼저 인용된 시에서 가슴에 내리는 소나기는 '몸을 하나도 적시지 않는다'. 왜냐하면 소나기가 마음에 먼저 내리는 까닭에서다. 가슴에, 마음에 먼저 내리는 소나기란 도대체 무엇인가. 물리적 어의(語義)의 소나기가 아니란 점은 명료하다. 그렇다면 우리 삶의 고비나 곡절에서 감당해야 하는 소나기 같은 세상살이의 사태일시 분명하다. 그러니 몸이 젖지 않을 수밖에. 이 범박한 글의 행간에 숱한 아픔과 슬픔이 숨어 있으리라는 것은 유사한 경우에 처해본 이가 아니면 알기 어렵다. 〈비 4〉의 화자는 세찬 '빗줄기 하나하나의 시간'을 헤아릴 듯하다고 한다. '가로등 불빛 너머 빛나는 별'도 그렇다. 시인은 '얼마나 많은 사람들이 사랑을 기다리며 잠 못 들고 있는 것일까'를 묻는다. 기실 우리에게 어떤 사람이 소중하다면, 그와 공유하는 시간의 소중함이 가장 오른쪽으로 나설 이유인지도 모른다.

고대 그리스의 비극 작가 소포클레스는, "당신이 헛되게 불평하면서 보내는 오늘은, 어제 죽은 사람이 그렇게도 살고 싶었던 내일이다"라는 격언을 남겼고, 19세기 미국의 시인 랄프 왈도 에머슨이 이를 반복하여 언급했다. 이 고색창연한 레토릭을 여기에 초치한 연유는, 무지개를 바라보는 그 극적인 시간의 소중함을 강조하기 위해서다. 무지개 시편들을 통하여 시인은 여러 방식으로 무지개를 관찰한다. 너와 내가 손을 잡았을 때 너도 나도 아닌 우리의 무지개가 떠오르기도 하고, 무지개를 건반으로 보면 '내 안에도 너만을 위한 피아노'가 있는 것이다. 아침에 찾아온 시가 아침 무지개의 시이며, 이 모든 수사(修辭)가 찰나의 무지개에서 영원의 각성을 발굴하는 시의 힘이 된다.

비가 그치고
그가 방주에서 나왔을 때
하늘에 드리운 너

회색빛 하늘 아래서
죽음의 공포와 절망에 지쳐가던
이들을 따뜻하게 안아주며
다시는 홍수심판을 하지 않으리라 약속한
일곱 빛깔의 사랑

너를 볼 때마다
검은 구름 너머에 깃든
사랑과 약속의 노래가 들리고
그 어떤 홍수와 폭풍도 지울 수 없는
위대한 그림이 보인다
하늘 저편
나를 위해 쓴 시가 읽힌다.
- 〈무지개 3〉

상처 없는 그리움이 어디 있으랴
파도의 그리움이 물꽃을 피우고
봄바람의 갈망이 솔꽃들을 피워내듯
내 안의 그리움은
비 그친 구름 사이로 무지개를 피워 올립니다

알고 있나요

그리움이 사무칠수록 상처도 크다는 것을
사랑이 깊을수록 외로움도 길어진다는 것을

비 그치고 사람들 떠나도
내가 길을 떠나지 못하는 이유는
그리움의 조각이 남아 있기 때문입니다
저 무지개 너머
언젠가 당신이 오시리라는
약속을 믿고 있기 때문입니다.
– 〈무지개 5〉

인용의 시 〈무지개 3〉은 그나마 이 시집에서 성경

적 표현이 시의 표면으로 떠오른, 드문 사례에 해당한다. 아마도 이 시인은 당초부터 의도적으로 간접적 담화의 방식으로 자기 신앙의 근거를 제시하려 작심한 듯하다. 이 시집뿐만 아니라 그의 다른 시집들을 통독해 보아도 그렇다. 이 시에서 무지개는, 비가 그치고 방주에서 나왔을 때 하늘에 드리웠다. 그것은 '일곱 빛깔의 사랑'이다. 하늘 저편에 '나를 위해 쓴 시'다. 누가? 그가 지금껏 발설하지 않은 그의 절대자다. 〈무지개 5〉에 이르면 '상처 없는 그리움이 어디 있으랴'라고 반문하며, 내 안의 그리움이 '비 그친 구름 사이로 무지개'를 피워 올린다고 고백한다. 그리고 그 무지개 너머 '언젠가 당신이 오시리라는 약속'을 상정한다. 이 시집에서 무지개는 그의 꿈이요 소망이요 신앙의 다른 이름이다.

5. 작고 소박한 것들에의 헌사

우리를 감동하게 하는 것, 우리의 가슴 밑바닥을 두드려 공감을 촉발하는 것은 크고 화려한 그 무엇이 아니다. 그래서 작고 소박하지만 품위 있고 단단한 글이 훨씬 더 효율적일 때가 많다. 이 작은 행복을 소중하게 보고 귀하게 여긴다면, 그 인식의 주체는 존중받을 만하다. 지금 우리가 읽고 있는 소강석의 시를 두고 이르는 말이다. 이 시집의 4부는 그와 같은 인식을 바탕에 두고 섬세한 관찰과 따뜻한 정서를 일깨우는 시편들로 구성되었다. 여기에 이 시인의 시가 가진 강점이 있다. 미상불 그러한 시적 정조(情調)는 그가 목회자로 일생을 살았다는 신분적 조건과 결부되어 있겠지만, 그보다 먼저 그가 이제껏 가꾸어온 선한 품성(稟性)에 그 근원이 있을 터이다.

4부의 전반부는 여러 소제목의 연작시들로 이루어져 있고 후반부는 개별적인 시상(詩想)을 담아낸, 단단하고 촘촘한 의미의 그물을 가진 시들로 채워져 있다. 왜 이 시인이 이렇게 즐겨 연작시들을 썼을까. 하나의 주제를 숙고(熟考)하면서 그에 대한 시적 발화를 여러 모형으로 제기하려는 의도다. 마치 네카의 입방체를 여러 방향에서 살펴보듯이. 등대와 별, 달과 가을바다와 같은 소제목들을 일별해 보면, 이 시인의 자연에 대한 친화력이 시종일관 뜨겁다는 사실을 알아

차릴 수 있다. 그것도 손가락 끝을 바늘에 찔리듯 선명한 느낌으로. 인간의 심성을 치유하는 두 가지 대표적인 도구가 있는데, 하나는 음악이요 다른 하나는 자연이라 한다. 그는 자신의 시에 등장하는 자연 친화의 사상을 통해 누구를 치유하려 했을까.

　4부 전반부의 연작시들 가운데 "등대는 외로워도 바다를 잊지 않는다", "별이 반짝이는 것은 누군가 바라보는 사람이 있기 때문이다. 별도 사람도 누군가 바라볼 때 빛난다", 이 구절들은 순정한 감상을 유발하며 편안하게 읽히지만, 그 행간에 담은 메시지는 전혀 간략하지 않다. 이와 같이 소소하고 미미한 것들이 모여 하나의 물줄기가 되고 시의 강심(江心)을 형성했으니, 독자들에게는 그야말로 '소확행'의 독서 체험이 된다. 시인은 달이 '사람들 곤히 잠든 모습'을 보고 밤마다 환히 웃으면 좋겠다고 토로한다. 미처 가을 시의 대열에 합류하지 못한 '가을 바다' 시 2편은 가을비 내리는 날에 바다를 안아보자고, 또 그 바다가 나를 안아준다고 말한다. 이처럼 시인이 행복해야 독자도 행복하다.

누군가를 만나 이야기를 듣는다는 건
새로운 세계를 만나는 것이다
난 얼마나 많은 이야기를 듣고 살았나
또 얼마나 많은 이야기에 귀 막고
눈 감고 살았나

나를 스치고 간 수많은 사람들
나와 함께 머물다 떠나간 사람들
나의 바다에 셀 수 없이 몰아치던 파도들

해 지는 바닷가에서
잊혀진 이름들을 떠올리며 읊조린다

등대는
밤바다를 다 비출 순 없어도
자기를 찾는 배는
결코 잊어서는 안 된다는 것을.
– 〈등대 1〉

나는 몰랐다
저 하늘의 별이 차마 마주치지 못한
눈빛이었다는 것을

나는 몰랐다
저 지상의 꽃들이 차마 고백하지 못한
사랑의 마음이었다는 것을

나는 몰랐다
저 창문 밖으로 스치는 바람이
차마 지우지 못한 그리움이었다는 것을.
- 〈별 6〉

　인용된 시 〈등대 1〉은 세상살이의 여러 행로에 적용될 만한 경구(警句)로 시작된다. "누군가를 만나 이야기를 듣는다는 건 새로운 세계를 만나는 것이다"라고 하지 않는가. 그렇다. 우리는 한 줄의 문장, 한 편의 시, 한 권의 책 또는 한 사람의 인격을 만나 우리 삶의 방향 전체를 바꿀 때가 있다. 시인의 등대는 이 모든 세설(細說)을 익히 알고 있는 견자(見者)다. 그가 보아온 수많은 사람, 그리고 숱한 파도들은 앤 모로 린드버거의 산문을 연상하게 한다. 〈별 6〉에서도 그 경구의 여진(餘震)이 그대로 지속되고 있다. 하늘의 별은 '차마 마주치지 못한 눈빛'이고, 지상의 꽃은 '차마 고백하지 못한 사랑의 마음'이며, 창문 밖으로 스치는 바람은 '차마 지우지 못한 그리움'이다. 일상의 언어가 시가 되고 경전이 되는, 시적 일탈의 수범(垂範)이 여기에 있다.

4부 후반부의 시들은 대체로 청아하고 고요하다. 길가에서 웃고 있는 코스모스, 붉은 사랑을 고백하는 철쭉, 내 안의 수금을 타고 있는 당신, 그리운 선물 같은 사람, 말없이 흐르는 물, 쓰러져도 일어나는 불. 이 모든 시의 소재들이 그러하고, 이를 통해 자기 특유의 세계관을 축조하고자 시인이 수행하는 언어의 고투(苦鬪)조차 그러하다. 마음의 청정과 화평이 없는 창작자에게서는 이러한 시가 추수될 수 없다. 그렇다면 뒤이어 일어나는 의문 하나. 시인 소강석이기 이전에 목회자로서, 교계 지도자로서, 그 급박한 일정들을 감당하면서 어떻게 이러한 정관(靜觀)과 정갈한 시심(詩心)을 일깨울 수 있었을까. 그러나 여기서 그에 대한 문답은 무용(無用)하다. 시의 경계를 벗어나 현실적 삶의 영역에 속하는 문제이기 때문이다. 아마도 그에게는 이에 대처하는 숨은 방략이 있지 않을까.

그때가 언제이든
신발 툭 던져놓고
흙먼지 나는 들길을
꽃향기 맡으며 걸을 수 있는 사람
누구에게도 말 못 한 가슴에 담긴 이야기
웃고 울며 나눌 수 있는 사람
하얀 파도에 발끝을 적시며
말없이 푸른 바다를 바라볼 수 있는 사람
가슴 화병에 꽃을 꽂고
파도의 이야기를 들으며
웃기만 해도 하고 싶은 말이 무언지
알 수 있을 것만 같은
그런 사람.
– 〈그런 사람〉

세상에서 가장 아름다운 풍경은
지금 두 눈으로 보고 있는 풍경이다
세상에서 가장 아름다운 음악은
지금 두 귀로 듣고 있는 음악이다
세상에서 가장 아름다운 사람은
지금 내 앞에 마주 앉아 있는 사람이다

볼 수 없다면
들을 수 없다면
함께할 수 없다면
세상의 그 어떤 것도 아무것도 아니기에

내가 보고 듣고 함께할 수 있는
지금 이 순간의 풍경과 음악과 사람이
가장 아름다운 것이다.
– 〈풍경〉

인용된 시 〈그런 사람〉은 시인이 시를 통해 규정한
좋은 사람, 신뢰할 수 있는 사람의 외양이다. '웃기만
해도 하고 싶은 말이 무언지 알 수 있을 것만 같은 그

런 사람'은 누구일까. 깊은 성찰을 요하는 대목이다. 불가(佛家)에서는 이를 두고 이심전심(以心傳心)의 비법이요 염화시중(拈華示衆)의 미소라 했다. 〈풍경〉이 표방하는 시적 훈도(薰陶) 또한 만만하지 않다. 이 시는 풍경, 음악, 사람을 두고 '지금'을 강조하고 그로써 가장 아름다운 것이라고 확언한다. 미국의 대통령 영부인 엘리너 루스벨트가 자주 쓴 글귀를 닮았다. '과거는 히스토리이고 미래는 미스터리인데 현재는 프레젠트'라는 말이다. 이때 프레젠트는 같은 스펠링으로 현재와 선물을 함께 뜻한다. 지금 여기서 우리가 읽은 소강석의 시는, 우리에게 불현듯 은혜처럼 다가온 귀중한 선물이다. 우리는 어느 결에 시를 읽고 마음을 읽고, 더불어 선한 영향력을 나누는 독자들의 연합으로 이렇게 지면에서 만난다.

너라는 계절이 내게 왔다

1판 1쇄 인쇄   2023년 11월 28일
1판 1쇄 발행   2023년 12월 4일

지은이   소강석
펴낸이   김성구

책임편집   고혁
콘텐츠본부   조은아 김초록 이은주 김지용 이영민
디자인   산타클로스
마케팅부   송영우 어찬 김지희 김하은
관리   김지원 안웅기

펴낸곳   (주)샘터사
등록   2001년 10월 15일 제1-2923호
주소   서울시 종로구 창경궁로35길 26 2층 (03076)
전화   1877-8941
팩스   02-3672-1873
이메일   book@isamtoh.com
홈페이지   www.isamtoh.com

ISBN   978-89-464-2261-2 03810

· 값은 뒤표지에 있습니다.
· 잘못 만들어진 책은 구입처에서 교환해 드립니다.

샘터 1% 나눔실천
샘터는 모든 책 인세의 1%를 '샘물통장' 기금으로 조성하여 매년 소외된 이웃에게 기부하고 있습니다. 2022년까지 약 1억 원을 기부하였으며, 앞으로도 샘터는 책을 통해 1% 나눔실천을 계속할 것입니다